삶의 모습들

삶의 모습들

초판인쇄 · 2021년 5월 14일
초판발행 · 2021년 5월 29일

지은이 | 지현경
펴낸이 | 서영애
펴낸곳 | 대양미디어

04559 서울시 중구 퇴계로45길 22-6(일호빌딩) 602호
전화 | (02)2276-0078
팩스 | (02)2267-7888

ISBN 979-11-6072-078-5 03810
값 13,000원

삶의 모습들

지현경 제9시집

대양미디어

서문

흘리는 말도 주워담고
재미나는 일도 찾아서
끼워넣었다.
이렇게 서민들의 일상을 그려봤다.
멋진 날 하나없이 주섬주섬 모아다가
펼쳐놓으니 쓸만해 보였다.
기교도 외국말도 함께 하면
흙냄새가 달아나버린다.
서민들의 생활 속을 파고들어
손때 묻은 그 맛을 옮겨 보았다.

2021년
옥상 정원에서

차례

제2부 나의 진리

제3부 울 엄니 손

제4부 늙은이들

제5부 지나간 추억

제6부 무덤가 할미꽃

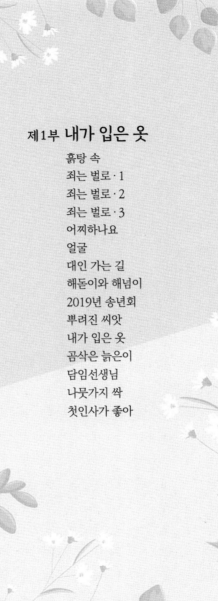

흙탕 속

부자는 고급 상품을
선물로 주면 반가워하고
선비는 한마디 말을
선물로 드리면
고개 숙여 인사를 한다
정치꾼들은 단체장을 하면
대우해드리고
공직자들은 정치꾼들 앞에 서면
고개를 낮춘다.

죄는 벌로 · 1

환장하네
정말로
애가 타네
금방 말해도
태연하니
섭섭하구먼
진짜 말해도
성의가 없어
준엄한 벌로!

죄는 벌로 · 2

진한 피는 진실에
묻힐 수 없고
어둠 속의 약속은
깨지고 만다
눈과 귀는 들어도
행동을 못 하고
죄와 벌은 감춰서
가릴 수가 없다.

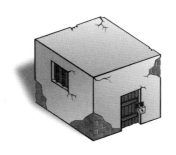

죄는 벌로 · 3

바보처럼 말 안 해도
빛은 발하고
욕심은 많을수록
병을 만든다
가슴속에 감춘 금은
암으로 가고
국민의 땀 냄새는
나라를 살린다
졸개들이 활개치면
국고가 흔들리고
무궁화가 시들면
국회가 운다.

어찌하나요

온 세상이 두루 썩었으니
나 혼자 깨끗하면 무엇하리
세상 사람 모두 눈과 귀먹었으니
이 나라는 어디로 가나요?
한강 물은 유유히 흘러 바다로 가는데
더러운 이 세상을 누구와 의논하랴?
다가온 미래가 어둠 속이라
밤마다 별을 보며 가슴을 친다.

얼굴

활짝 웃는 그 얼굴
내 마음도 기쁨이 넘칩니다
미소짓는 그 한마디가
내 마음을 기쁘게 합니다
날마다 즐거워라 나의 친구들
언제나 활짝 핀 그 모습에
우리 모두가 즐겁습니다
하루하루가 즐거운 날 만들면서
오늘도 반갑게 만나고
정도 나누며
내일도 밝은 얼굴로
미소 지으며
만나는 친구들!

대인 가는 길

소인이 소인 속에서
대인이 되려 해도
될 수가 없고
소인이 대인 속에서
대인이 되려 해도
따라갈 수가 없다
이 일을 어찌할꼬
천하에 가르침이 대인답게
행하라 하였는데
대인 노릇을 할 수가 없으니
하늘을 보고 땅을 봐도
갈 길을 못 찾는구나!

해돋이와 해넘이

해돋이 따라 태어나고
해넘이 따라가는 인생
솟아오르는 태양이
산을 넘어 사라진다
오르고 또 오르고
정상에서 살다가
바닷가 파도 소리 들으며
노을 속에 나를 묻는다
흙냄새 풀 냄새 속에서
한 시절을 자랐다
사랑하는 부모님 곁에서
새근새근 잠자며 살았다
꿈 많은 소년 시절에
부푼 꿈을 안고
매연 속을 뚫고
서울로 올라왔다
갈 곳 없는 나그네가
무작정 상경하였다

연명해 가며 살던 그 세월이
구름 걷히고 날이 밝았다
돌아본 지난날이
한순간에 가버리고
노후에 친구들과
웃으며 살아간다.

2019년 송년회

김 회장, 이 회장
반가워서 인사를 한다
돌아가며 인사하니
자기소개가 최고였다
직업도 나이도 재미있게
말씀도 잘 하셨다
주거니 받거니 권한 술잔에
넘치는 정에
1년 한 해가 아쉬웠다
존경하며 사랑하며
기다리는 2020년
신년을 맞이할 준비에
손에 손잡고
2020년을 기약하며!

뿌려진 씨앗

뿌려진 씨와 버려진 씨에
두 갈래 싹이 났습니다
어느 씨앗이 건강할까요?
어느 나무가 열매를 맺을까요?
어느 것이 수확이 날까요?
어느 것이 우리에게 도움을 줄까요?

내가 입은 옷

일생을 살다 보면 신세 진 일을 뺄 수가 없다
부모님 사랑에다 보살핌을 받고 살아왔고
결혼하여 부인에게 사랑받고 살았지요
자녀들 키워놓고 사랑과 존경으로 살았지요
우리는 이렇게 신세를 지고 살아가지요
그보다 더 깊숙이 따라 붙어있는 내 속옷
비가 오나 눈이 오나 찬 바람이 불 때나
추울까 봐 시릴까 봐 물에도 젖을까 봐
내 몸 감싸주고 따뜻하게 사랑도 주었네
주어진 순간까지 제 몸 다할 때까지
불평도 버리고 힘들다고 말하지 않았네
헌 실밥이 풀릴 때도 내 몸을 감싸 주었네
어느 날 계절 따라 바뀐 옷들이
내 몸 감싸주고 서랍장에 들어가
쉰다고 하네
어제도 입었던 그 속옷들이
세월 가고 나도 늙어가니
그 옷들은 다시 못 만나리

연말을 보내려니 떠오르네
나를 위해 버린 그 옷들이
지난날 나 살아온 길에서.

곰삭은 늙은이

오는 사람 가는 사람
기다리는 사람도
해가 가고 달이 가고
바람이 불어도
오고 가는 사람 없어
외로움뿐이네
차디찬 겨울바람은
옥상정원을 돌아나가고
끈 떨어진 늙은이라
찾는 이도 없구려
갈 곳 없는 신세라 볼품없구나
해는 져서 어둠 오니 TV만 붙들고
가는 세월을 한탄하네
외로운 이 늙은이
그대는 홀로 앉아 젊은 시절 그리며
2019년 12월 31일
해도 다 저물어 가는구려.

담임선생님

부임해 왔다가 떠나버리신 담임선생님
정도 주시고 가르쳐 주시고 가신 선생님
헤어진 지 60년 만날 수가 없네
우리 집 제비 엄마 어디로 가셨나요?
우리 선생님 만날 수 있게
편지 한 장 전해 주오
시골 어린이가 늙은이 되었다고 전해 주세요
동무들 찾아봐도 만날 수가 없고
누구에게 물어봐도 소식조차 모른다고 하네
내가 다니던 모교에 그 향나무만 서 있어
어린 시절 숨바꼭질할 때 나를 숨겨 주었지!
그 시절 가버리고 담임선생님도
안 보이시네!

나뭇가지 싹

철이 들고 나이 들어 늙은이가 되니
지난날 회고하며 한 수 끄적여 본다.
아침 일찍 뒷산에 올라가
등걸 한 짐 파서 지고
터벅터벅 산비탈 버티며 내려올 때
홍도야 울지 마라 오빠가 있다
옛 노래 불렀네
쌓아둔 장작 패면서 방에 군불 때놓고
하늘 천, 땅 지, 검을 현, 누를 황,
집 우, 집 주, 넓을 홍, 거칠 황
한참을 외우다가 스르르 잠이 들었네
군불 때 놓고 공부하니
궁둥이가 뜨끈뜨끈해
온종일 산을 타고 지친 몸이라
고개 들고 허리 펴고 골백번 해 보지만
밀려오는 눈꺼풀이 힘들게 산을 넘는다.

첫인사가 좋아

연잎에 앉아 있는 잠자리처럼
자네의 모습이 잔잔한 김○열
어제 만나 반갑고 정초 아닌가!
언제나 하는 인사 즉시하고
대접할 때는 보는 즉시 하소
마음을 전할 때 제일 반갑다네
언제 어디서나 챙기는 것은
내 마음 내 모습 전하는 인사지
보는 즉시 하고 받는 즉시 하면
그 인사가 인사 중 제일이라네.

＊ 강서호남향우연합회 회장님

제2부 **나의 진리**

정초의 추억

정초는 아름답다
기억의 추억이다
한 해를 보내면서
추억들이 남는다
길고 긴 열두 달이
힘들면 길고
길고 긴 열두 달이
기쁘면 금방 지나간다
맺힌 가슴 풀어주고
지나간 세월도 놔 버리고
정초의 즐거움이
기억 속에 남는다.

연 줄

나는 연줄은 끊어질 수 있지만
믿음의 인연 줄은 끊기 어렵다
튼튼한 쇠사슬은 끊어질지언정
우리네 인연은 금강석보다 더 강하다
세태가 메말라 인연 줄도 흩어져
나는 연줄을 보고 세상을 한탄한다.

돈

돈이란!
가는 곳마다 기쁨을 준다
돈이란!
돈으로 안 되는 일이 없다
돈이란!
쓰면 쓸수록 빛이 난다
돈이란!
돈의 힘이 세상을 바꾼다
돈이란!
돈의 기운이 사람을 살린다
돈이란!
돈이 사람을 출세시킨다
돈이란!
돈은 다 써 없어지는 것이 아니다
돈이란!
돈은 오직 사용할 뿐이다.

인물들

장군의 뒷모습과
문객의 뒷이야기는
사라지는 명성들이
색깔마다 다르게 보인다
장군은 피를 흘렸어도
명장이라 말만 하고
고통을 알지 못하며
문객은 한가한 글 속에서
세월만 낚고 살았는데
지금도 그 명성이
메아리친다.

늙으신 부모님

춥다, 옷 따뜻하게 입고 가거라
배고플라. 끼니 거르지 마라
학교길에 조심해서 다녀오너라
늙으신 부모님은 온종일 걱정하신다
낳고 길러 청년이 되었어도
부모님은 아들을 위해 끈을
놔주시지 않았다
결혼하여 손자도 보았는데
부모님 사랑은 끝이 없다
오늘 새벽은 찬 바람이 스친다
부모님 떠나신 지 숱한 해가 지났어도
오늘 새벽 부모님 말씀이
가슴에 들린다
얼음판이 미끄러우니 조심하거라
하신다.

내 것이 있는가?

내 것이 있는가?
누구보고 묻는가?
아무도 대답이 없다
나에겐 내 것이 아무것도 없다
오직 살아온 길에 다리를 놓고
건너왔을 뿐이다.

사후에

부처님!
오늘이 즐겁습니다
스님!
오늘도 나누니 행복합니다
이 기쁨과 이 즐거움을
사후에도 내려주소서!
내가 누울 그 자리에는
나비와 새가 놀고
오가는 사람들이 이야기하며
쉬어가게 하소서!
함박웃음 웃고
즐겁게 소주잔 나누는
명당 되게 하소서!
영원한 자리에서 기쁨을
누리기를…

가는세월

싫어도 봐야 하고
싫어도 가야 하네
산다는 것이 뭐길래
싫어도 해야 하나
길이 아닌데도 가라 하니
이 일을 어찌하나요?
상사가 명령하면
정도를 말하는 것인데
틀린 것도 하라 하니
이것이 사는 것인가?
떠나면 갈 곳 없어
죽으나 사나 버텨온 세월
가족들 걱정에 덮고 살았네
이 세월 저 세월을 살다 보니
축 늘어진 내 일생이 되었네.

새벽 눈

싸락눈 토닥토닥 새벽을 연다
외로운 늙은 노송 새벽잠 없어 하니
오늘도 옛 생각에 눈썹만 건드린다
언제 동이 트나 창밖만 내다보는데
친한 후배의 문자에
주섬주섬 축구복 걸치고
어둠 속을 뚫는다
토닥거리는 눈알 밟으며
운동장에 들어서니
기다리는 전화는
오늘도 왜 안 올까?

힘든 골병

골병도 버거워라 이 몸뚱이
끌고 가다 버릴 것을 왜 달고 가느냐?
세상 속에 내다 버린 내 몸뚱이
한평생 끌다가 지쳐 버렸구려
어느 놈은 에어컨 바람에
와이셔츠 넥타이로
이놈은 공사판에서
땀방울도 못 씻는다
저놈들은 시장 바닥을
팍팍 긁어 누비고
주방장 손등에는 쇼트닝 기름이
앗 뜨겁다
하루해가 언제 지나?
시간은 안 가는데
우리 집 아들딸 걱정뿐이라
흘리는 땀방울도 떠나지 않고
내 곁에만 따라 다닌다
이참저참 내일모레 한세월 가버리고

물거품 청춘가니
백발이 다 되었다
날 궂은 비바람도 내 맘 모르고
먹구름 번개도 내 맘 모르네
일평생 한 세상이 낙이라고 했던가?
가다 오다 쉬어 가도 그 자리는 그대로인데
이놈의 몸뚱이는 왜 나를 못살게 구나
좋은 것은 다 가져가고
남는 것은 축 늘어진
내 골병만 춤을 춘다.

* 이참저참 : '겸사겸사'의 방언.

보는 눈

한 발 다가가면
내 나이가 더 보인다
두 발 더 나아가면
사방이 보인다
인생극장 돌아보니
허상 아니던가?
씽씽 달리는
저 자동차도
나이 들면 해체하여
흔적이 없다
사람들 가는 길에
숟가락만 하나 들고
평생 가다가
내버리고 떠난다
찰나의 그 숨소리
멀어지던 날
보이는 만상은
허상일 뿐이다.

개울가

찬 얼음 깨진 곳에
겨울잠 자는 개구리가
돌 틈에서 깊은 잠을 잔다
세상천지 변한 것도 모르고
천진하게 잠을 잔다
우리네 세상도
이와 같아라.

옥상 참새떼

참새떼 모여들어
조잘조잘 맛나게 먹는다
천지분간 하는 지
사방을 살피다가 먹는다
잔디 위에 남겨준 공깃밥 반 그릇
참새 집안 모두 다 모여들었다
설을 쇠야지?
창 너머 바라보니
가족 친지들도 모였다
서로서로 나눠가며 경계를 하고
밥알 하나 물고서
잠깐 나무로 오른다
반짝반짝 빛난 눈으로
두리번거리다가
또 내려앉는다
열 마리 내려와서 하나둘 세다가
또 비켜주고
사돈댁도 내려와서 두어 개 물고

또 양보해주고
밥 반 공기 가져다주니 잘도 먹는다
여러 날을 보살펴 주니
사돈네 8촌까지
불러와서 함께 설을 쇤다
참새 요놈들이 날마다 날아와서
나를 즐겁게 하는구나!
점심 밥값 8,000원 중에
참새 밥값 1,500원
너도 먹고 나도 먹고
우리 서로 나눠 먹자.

지나온 길에서

지나왔더니 벌써 지나가 버렸다
숱한 일들이 내 앞에서 스쳐 갔다
노래도 작사하고 곡도 붙여줬지
고향이 그리워 울적할 때는
콧노래 부르며 노랫말 짓고
부모님이 생각날 때는 눈물이 났다
지나간 젊은 날이 그리울 때는
빈주먹 불끈 쥐고 떠나온 고향 산천아
강서호남향우회가를 불렀다.

나의 진리

제일 슬플 때는
술잔이 있고
제일 외로울 때는
시가 있다

제일 힘들 때는
술을 따르고
제일 괴로울 때는
시가 노래한다.

지나간 생각들

냇가에 조약돌은 물길 따라 구르고
산골짜기 돌덩이는 빗물 따라 구른다
우리네 인생살이는 끝없이 가건만
지나간 내 발자국은 흠 자국만 남았네
남겨진 내 발자국 다시 돌아와 보니
내 자리는 멀어지고 보이질 않는구나
누굴 보고 말을 할까 꿈을 버리라고
가버린 청춘은 다시 오질 않는다
더듬어 온 힘한 길에 상처만 남아있어
그래도 나는 굴하지 않았네 이 세상을
늙어간 내 삶의 길에 못다한 일들을
마지막 남은 힘이라도 돌려주려 하네.

청운추야월 晴雲秋也月

맑은 하늘에 흰 구름 떠가니
가을날 황금 들녘에는
달빛마저도 아름답다.

제3부 울 엄니 손

나의 인생길에서

체험으로 얻어온 것과
사회에서 배워온 것이 다르다
말과 글로, 귀와 눈과 손발로 느끼며
시각, 청각, 감각, 후각, 미각, 촉각
영감까지도
우리는 생활 속에 함께 살아왔다
버려진 삶의 잔재들도
나를 이끌어 왔다.

허송세월

갈 때마다 보는 산인데
돌아서니 아니었다
계곡마다 물소리도
흐르는 추억인가?
주렁주렁 매단 솔방울은
뉘를 위해 기다리는고
푸르른 산줄기
굽이굽이쳐 흐르는데
오고 가는 세월에 나만 혼자
볼품이 없구나.

인물

오를 때는 못 봤던 산삼이
내려올 때 보니 고목 품에 앉아있다
첩첩산중 나무 그늘 속에서도
산삼은 세상을 탓하지 않는다.

콧노래의 추억

잊혀진 그날들 콧노래가 말한다
흘렸던 눈물도 콧노래가 닦아준다
지워버린 고통도 콧노래가 덮어주고
슬픔도 한숨도 콧노래로 부른다
한평생 지고 온 아픔도 콧노래에 담고
오늘도 마음 달래며 콧노래를 부른다.

달겨드네

싫다는데 달겨드네
맘에 없는 그녀가
날마다 길목에 서서
기다리던 그녀를 만났네
인생이란 묘한 것
짝짓는 것이 사랑인가?
백 년 언약해놓고
바람 들면 헤어지네
꽃다운 그녀가
잎 떨어지니 볼품없어
달겨들던 그 모습은
온 데 간 데가 없구나.

* 달겨드네 : '달려드네'의 방언

울 엄니 손

바람도 여행가고
강서구도 적막이네
이내 몸은 깊은 밤에
추억들만 만나 보네
도망간 내 청춘
어디 가서 찾아오나?
풀뿌리 캐던 어린 시절
손톱 밑에 흙이 들고
어머님 심부름은
언제 갔다 집에 오나?
강추위 불어올 때
걱정하시던 우리 엄니
찬 바람 불 때마다
이불 덮어 잠재워주셨다
뒤 터 대밭의 바람 소리가
피곤하신 우리 엄니 잠 깨우셨네
창호지 창틀 새로
찬바람이 들어오면

감기 들까 걱정하시던
우리 엄니
군불로 데운 방바닥은
오늘도 윗목이 차갑구나.

무딘 기억

기억을 들춰 찾아봐도
쓸만한 것이 안 보인다
새것도 없고 모두가
헌것들만 쌓여있다
뒤집어 골라서 쓰려 해도
내 정신이 무디다
아무 생각도 따라나서지 않는다
쓸만한 놈은 작은 집에다 주고
기억 속에 남은 것 몇 줄
찾아서 쓰기가 어렵구나
영롱할 때 기억으로
담아 둘 것을!

새벽 두세 시

줄낚시 곧은 낚시
50개 줄 펴놓고
소파에 드러누워서
물기를 기다린다
새벽 5시가 지나도록
한두 수 건지니
대어도 낚아내고
송사리도 나온다
가끔 한 두어 마리
쏘가리도 잡힌다
간밤에 떡밥 주고
소파에 앉아 기다리니
쏠쏠하게 몇 수씩은
잡아 올린다
이 선생, 박 선생, 김 선생도
물고 나온다.

나이 따라 철이 드나요?

나이가 들면 철이 든다 했는데
더 어려진다
태어날 때 어린애가
늙어서도 어린애다
소파에 앉아서 물끄러미 바라본다
아버지 어머님이 나를 바라보신다
사진을 모실 때는 선명하셨던
부모님 얼굴이 오랜 세월 지나가고
강물도 흐르더니
내 눈마저도 점점
부모님 얼굴이 멀구나
생각도 흐려지고 철도 지나 버렸다
물끄러미 바라본다
사진 속 부모님을
속없는 이 늙은이가!

나무 그늘

우거진 나무들이 어깨동무하고
아등바등 살겠다고 얼굴을 내민다
작은 나무 작은 풀꽃 사이사이에 끼어서
큰 햇빛 보질 못해 힘들어하는구나
어쩌다가 힘센 바람이 불어오면
얼굴을 내밀고 사이사이로 햇빛 쳐다본다
이 세상에 나와서 고생고생하지만
그래도 좋아 저래도 좋아 사는 것이 좋아
우리는 그나마도 햇빛을 보는데
서울 장안 빌딩숲은 햇빛을 못 보니
신종 코로나 19 바이러스가 득실대는구나.

고놈 참!

눈만 뜨면 글을 쓰란다
더 높은 청에서도 시키면
말을 안 듣는데
어둔한 몸뚱이 고놈이
눈도 가슴도 손도
따로따로다
새벽잠 깨면 글을 쓰라는데
눈이 말을 안 듣고
써놓은 글 다시 보니
말도 글도 아니다
글쎄요 누가 늙으라 했나요?
높은 곳에서 명령해도
안 듣는 세상인데
소인 몸뚱이가 어찌
말을 듣겠소?

아기 울음소리

아기를 안 낳아 본 사람은
아기 울음소리를 구분 못한다
배가 고파 우는 지
아파서 우는 지를 모른다
사람들은 말들 한다
체험도 안 해보고
이론만 공부하고
큰소리친 그 사람들
울음소리에 아픔이 있고
울음소리에 기쁨이 있다
농촌의 아낙네가 일하다 말고
배고픈 아기에게 젖을 물린다
그 순간이 제일 행복하다고!
도시의 직장 어머니들은
퇴근 시간에만 들어와 젖을 물린다
말 못하는 아기가 하는 말은
어디 갔다 이제 와?
반감을 갖는다.

모래알

모래알 너희들은 세월을 낚는다
바람이 불면 굴러가고
빗물이 흐르면 밀려가고
가다가 길이 없으면 쉬어간다
몸뚱이가 작아서 아무 데나 가고
누구의 간섭도 받지 않는다
큰 산 아래 작은 돌 틈 곁에 모여서
오순도순 이야기하며 모래알을 이룬다
천년이 가고 만년을 가도
걸림이 없으니
모래알 너희야말로
만고강산이로구나.

대나무 울음소리

깊은 밤에 우는 저 울음소리
식구가 많아서 우시는가?
옷이 없어서 우시는가?
온종일 쉴 새도 없이
울타리 넘어 들려 오네
창틈 새로 들려 오네
연주 소리 따라오네
길고 가는 저 울음소리
한이 맺혀 우시는가?
파고드는 가을밤에
달빛마저도 함께 우네.

날마다

어제는 문객들과 식사를 하고
오늘은 나그네와 점심 약속이라네
내일도 친구들과 밥을 먹는데
모레는 누구하고 만찬을 할까?
글피도 오는 이와 칼국수나 할까?
나흘째 날에는 붕어빵 한 봉투로 끼니를 때우고
닷샛날엔 오다가다가 햄버거로 즐기며
엿샛날엔 안주 삼아 초밥 한 점에 술 한 잔
이렛날엔 전복 갈비로 잎새주 석 잔 꿀꺽
여드렛날엔 친구들 불러서 피자 소주로 즐기며
아흐렛날은 갈치조림에 조기구이로 친구하고
열흘날엔 옥상 정원에서 봄맞이하세
이래저래 시간이 가면
코로나 19도 맥 못 추겠지!

버텨온 시간

가뭄에 말라가는 논바닥에 서서
둠벙에서 퍼 올린 물이
바닥을 드러낸다
쉬었다가 또 품어 올려도
논바닥 가장자리가
점점 말라 들어온다
또 품어 올려도
조금씩 타들어온다
가슴도 타들어온다
슬금슬금 아무도 모르게
숨 쉬는 내 몸이 나를 조여온다.

＊ 둠벙 : 파놓은 연못

없는 목젖

고스톱 치다가 담배연기 피해로
코골이에 시달려 목젖을 잘라버렸다
그날로 고스톱도 뚝 끊어버렸다
그래도 또 코를 곤다. 참 이상하다
목젖은 오래전에 잘라서 없는데
약 부작용이 나를 따라다닌다
잠이 살짝 들면 또 시작이다
숨이 턱에 차면 또 깨고
숨바꼭질로 날이 샌다
눈도 침침해져 온다
글씨가 흐려져 보인다
마음을 꽉 잡고 위로한다
고요하고 깊은 밤은 간다
자꾸만 지나간다.

꿈에 본 부모님

꿈속에서 보았네! 부모님 얼굴
고향에서 만났네! 부모님을 만났네!
아버지는 논에 나가 피 뽑으시고
어머님은 밭에 나가 김을 매시네
도란도란 모여 살던 내 고향 우리 집
해가 가고 달이 져도 생각나는 내 고향
오늘도 잊지 못해 콧노래를 부른다.

예절이란

애경사를 안 가면 잘못된 예의인가?
나라가 시끌벅적하다
유행하는 코로나가 국민을 위협하는데
개인간 애경사에 가야 하나요?
축의금과 부의금 전하라고 말하니
눈치만 보지 말고 말들을 해보세요
상주님께서도 답을 내려 주세요
부의금만 보내주라고?

늙은이들

저기 가는 저 늙은이
오늘도 지게 지고 산을 오르는가?
언덕 밑에서 땅을 파는 저 늙은이
오늘도 땅만 파시는가?
저 멀리서 논을 가는 저 늙은이
해마다 가는 논을 또 가는가?
평생토록 그 일만 하다가 폭삭 늙었구려
서울로 간 친구들은 냉난방 안에 앉아서
시간을 베개 삼아 세월을 잠재우네
초등학교 시절 한 반에서
공부했던 우리인데
어쩌다가 자네나 나는 다른 길인가!

초록색 친구들

보슬비 내린 뒤 옥상정원에
봄이 찾아왔다
작년에 만났던 튤립 형제들
초록색 새 옷 갈아입고
낙엽 이불 들추며 팔부터 내민다
엊그제까지 소식이 없더니
어느새 한 뼘이나 자랐다
곧 태어날 아들딸들
색동옷 입고 곱게 곱게 피어나서
새봄을 축하하겠지!

메주 닮은 흙덩이

볏짚을 뚜벅뚜벅 잘라서
황토 속에다 섞어 넣어
질근질근 밟는다
한나절 동안 밟아주면
찰지게 떡이 된다
도란도란 모여 앉아서
흙 메줏덩어리를 만들어 놓고
돌 한 덩이 흙 메주 한 덩이
차곡차곡 쌓아 올린다
토담집도 짓고 흙 담장도 쌓고
묵은 대 울타리 걷어 내고
흙 메주 담장이 들어섰다
한참 동안 이야기하다 보니
산그늘이 내려왔다
하던 일 끝마치고 황토 미백 닦아 내고
탁배기 한 잔 두 잔 하다가
초롱불과 함께 밤이 깊었다.

친구들·1

갈 길 바쁘니
잠도 재촉하는구나!
수많은 친구도
따라오지 않는데
깊어간 오늘 밤도
금방 날이 밝아오겠지.

친구들·2

모여든 친구들과 서로 만나면
그 자리는 어수선하고
친한 친구들과 만나면
그 자리는 오순도순하다
거친 말이 오고 가면
흉 자국이 꼬리를 물고
사랑으로 나누는 차 한 잔은
내일 또 만나자고 약속을 한다
서로서로 존경하고 나누는 자리엔
인생의 삶이 한없이 즐겁다.

찾아온 기억

기억 하나 골라서 주워 담고
웃음 한번 웃어보고
기억을 찾아보네
울음도 두어 개
사이사이에 섞여 있다
기쁠 때는 가는 시간
가는 대로 놔두지만
슬플 때는 가는 시간을
붙들고 울었다
인생이란 이런 거야
춤추는 나그네
빈 곳을 찾아가서
채워주면 떠나는 것
인생이란 이런 거야
춤을 추는 나그네.

글쓰기

쓰는 글 뒤에는
더 좋은 글이 있고
던진 말 뒤에는
실수가 따른다
모래 속의 금을
찾아라
무식하면 금을
모른다
선생은 금을 알고
제자는 모래를 안다.

잠

많이 자면 건강하다
많이 자면 미련하다
어느 쪽이 맞는 건가?

높은 곳에 오르면

높은 금산 높은 벼슬 오를수록 커진다
오를 때는 힘들어도 올라가면 별천지다
때를 만나 올라가면 맑고 투명해 좋은데
줄을 잡고 오른 벼슬은
투명하면 목이 날아간다
어제의 그 사람들이 물욕 권력에 맛이 들면
지난날의 너의 모습이 확 변해 버린다
어제의 그놈도 그제의 그놈도
건방을 떨더니 멀어져 버렸다
완장 하나 차이인데 거리가 천 리다
멀어진 친구가 어제 저를 모르고
오늘 나만 찾는다
오를 때 신었던 그 신짝
내려오면 또다시 신는다네.

작년에 그 친구들

새 옷 입고 나왔네
차디찬 땅속에서
고생고생하였네
보드라운 그 손길
티 없이 맑은 얼굴
아름다워라!
따사로운 봄볕에
기지개 활짝 켜고
고운 얼굴 망울망울
그늘 가렸네
4월이면 오시리라
임을 기다린다네.

죽새

소리 없는 깊은 밤
슬피 우는 죽새 울음소리
식구가 많아 울까?
옷이 없어 울까?
그 울음 온종일
울타리 넘어
쉴 새 없이 들려온다
창틈 사이로 들려 오고
연주처럼 들려온다
길고 가는 저 울음
한 맺혀 우는 걸까?
파고드는 가을바람에
달빛마저 함께 울고 있다.

* 월간 「문예사조」에 발표
* 죽새 : 바람에 댓잎 떠는 소리

봤냐고 봤냐고?

봤냐고 봤냐고
준 데를 봤냐고
봤냐고 봤냐고
준 것을 봤냐고
봤냐고 봤냐고
언제쯤 봤냐고
봤냐고 봤냐고
어젯밤 봤냐고
봤냐고 봤냐고
무엇을 봤냐고
봤냐고 봤냐고
돈준 걸 봤냐고?

＊ ○○○ 국회의원을 보고

칼도 부러지네

부러진 칼날은 쓸 수가 없지만
휘어진 칼날은 쓸 수가 있다네
힘이란 이런 것 밀리면 죽는 것
힘쓸 때 잘해요. 밀리면 죽어요
언젠가 봐준 놈 오늘 나 내치네
잘든 칼 부러져 쓸 수도 없으니
힘없다 늙었다 실세가 설친다
세상은 이런 것 요지경 속이야
낙선장 쥐고서 옛날을 그리네.

줄지어 찾는다

볼품없는 이 사람도
찾아온 이가 있구나
나랏일 잘해 보겠다고
찾아온 그들
금배지 하나 달면
등 돌리고 가더라
알랑알랑 꼬리치는
강아지만도 못한 그들
오늘도 찾아와서
알랑방귀 손 내민다.

그리운 시절

내가 놀던 어린 시절
그 동무들 어디 갔나?
바람 따라 오고 가는
긴긴 세월이었네
꽃 필 때 종달새 쫓던
들판을 뛰었던가?
저 멀리서 고래고래
소리치던 그 친구들
지금은 어딜 가고
그 목소리가 안 들리네
뺑뺑 돌아 왔다 가는
저 흰 구름에 물어볼까?
볼 수도 없고 잡을 수도 없어
다시 허공뿐이다.

가치

옥석은 영롱하다
그러나 티 한 점 있으면
값이 내려가고
잡석은 티로 이뤄져 있다
티가 많아도
가치는 변하지 않는다
사람의 품격도
이와 같은 것이다.

광명천지

머리를 들면 오르고
머리 숙이면 내려간다
벼슬은 오르면 무겁고
벼슬이 내려가면 가볍다
글, 한 자 배우면
창밖을 내다보고
두 자, 석 자 읽으면
밖에 나가 걷는다
백 자, 천 자 외우면
성인군자에 오르고
바른 혜안이 열려서
천지가 광명이다.

양날개

흙탕물 속에서
박수 소리가 들린다
구정물 속에서도
박수 소리가 들린다
모두가 사는 것이
이런 것이라고
승자는 웃고
패자는 울고
그러나 그들은
또 웃고 울 것이다.

나의 기도

하루를 살더라도
마음이 곧아야 한다
자신을 속인 자는
성공하지 못한다
언제나 나를 내려놓고
너를 위하는 마음으로
살아가야 한다
그것이 곧 나를 위함이다.

이것이 시詩다

시의 세계는
넘치는 선물이다
버렸던 것도
가져오고
간직해둔 것도
꺼내온다
이것이 시다.

지나간 추억

켜켜이 쌓인 낙엽 속에
친구는 간데없고
모아둔 우정들은
먼지만 날린다
왔다 가는 짧은 인연
여울 따라 잠들고
물끄러미 바라보니
우리 세월 다 가버렸다
무정한 세월아 말 좀 해다오
젊음도 가져가고 무엇을 더
달란 말이냐
다가간 여생이나
즐기다 가련다.

넘쳐도 또

산은 오르기가 힘들고
벼슬은 얻기가 힘들다
산은 오르고 나면
산하가 온통 내려다보이지만
벼슬은 쥐고 나면
교만이 앞선다
넘치는 욕심은 끝이 없다
욕심 속에는 전쟁이
들어 있다.

저 별은 나의 별

늘어만 가는 내 얼굴이
슬퍼지는 세월 속에
구름 따라 사라지고
주름진 내 마음은
허공만 붙잡는다
흔들린 내 다리는
어딜 보고 걸어가는가?
오라는 데도 없는 저녁
별들만 나를 더
쓸쓸하게 하는구나!

일찍 일찍 들어와요

마누라 목소리가 제일 반갑더라
술잔 속에다 얼굴을 담고
마시던 그 술은
꿈꾸던 청춘 시절이었다
그럭저럭 살다 보니
별수 없이 늙어버려
저 멀리 떠나가는 뱃머리도
나를 아는지
갈매기 편에 이별 노래 띄우네.

파고든 민심

철을 만났으니 잡아 올 고기가
몇 마리인가?
총선이라는 놈 잡으려 하니
민심이 들썩인다
빈가마 채워놓고
더 채우려 하니
욕심들이 과하여
가마니가 터진다
길을 지나던 사람들이 모여
터진 가마니는 내버리고
새 가마니 들고 와서
채워주고 가네!

하늘에 기도

아무리 잘 쓴 글도
거짓말이라면
마음자리가 거부한다
아무리 달변가라도
겉과 속이 다르면
듣기가 거북하다
아무리 얼굴에 분칠해도
인성이 천하면
화장품 속에만 비춘다
정직한 마음이 나라를 살리고
부정한 사람은 망친다
4.15총선 기필코 그 답이
올 것이다.

메마른 가지에

봄비가 보슬보슬
나뭇잎에 떨어지니
이른 아침 출근길
옷깃을 적신다
파릇한 이파리마다
갑옷 열고
내미는 얼굴
올 한 해도 더위와
한 판 대결을 펼치겠지
뜨거운 햇빛 아래
매달린 감들도
붉게 물들어
가을 찾아가겠지.

격세지감

날던 새 날개 부러지면
걸어는 다니는데
대통령 후보 출마자가
떨어지니 구의원도 안된다
때가 오고 때가 가면
누울 자리 보라 했는데
5선 6선이 제일인 양
국회의원 출마자 그들
초짜도 꺾지를 못하고
낙동강으로 가셨는가?
인생일대 때가 되면
고장난 인생이라네
이젠 찬밥신세도 못되니
어디로 갈 것인가?

품은 뜻

먼 하늘 바라보며
큰 뜻 품었네
담아둔 나의 능력
언제 펼쳐볼까?
한낱 가지런한 마음만
간직하고 웅크리니
배워둔 실력 또한
언제 나래를 펼쳐보나?
초라한 가슴만 두드리고 있어
아직도 어린애 같구나
나이 들어 철도 들고
때는 오가도 붙잡지 못해
시간만 가는구나!

감나무도

앙상한 가지에서
푸릇푸릇한 새순이 나온다
봄기운 얻어먹고
파란색 용지 풀어낸다
겨우내 접어둔 잎들이
4.15총선 때맞춰서
기표용지 들고나온다
깨끗한 한 표 주려고
감나무도 손짓한다.

빛바랜 그 사람

길가에 서 있는 저 사람
누굴 기다리는가?
오고 가는 사람들이
저마다 쳐다보네
바삐바삐 오고 가는
사람마다
제 할 일 찾아서
쫓기는구나
하나밖에 없는
포도청이 울어대니
어제도 오늘도
발길만 바쁘고
쌓여가는 나이테
줄기만 굳어가니
요것 저것 가리다가
이 나이 먹어 버렸네
뿌린 씨 찾아보니
흘러간 세월이네

나가서 뿌린 씨는
똑똑하게 크는데
집에 와서 만든 메주는
왜 날 닮았는가?
쓸데없이 살아온 인생
후회만 남네.

그림을 그린다

꿈도 희망도 그림을 그린다
청춘도 애정도 그림을 그린다
정열의 순간도 그림을 그린다
갖고 싶은 것들도 그림을 그린다
이름 모르는 명품도 그림을 그린다
호화판 저택도 그림을 그린다
명예도 권력도 그림을 그린다
이 생명 다할 때까지도 그림을 그린다.

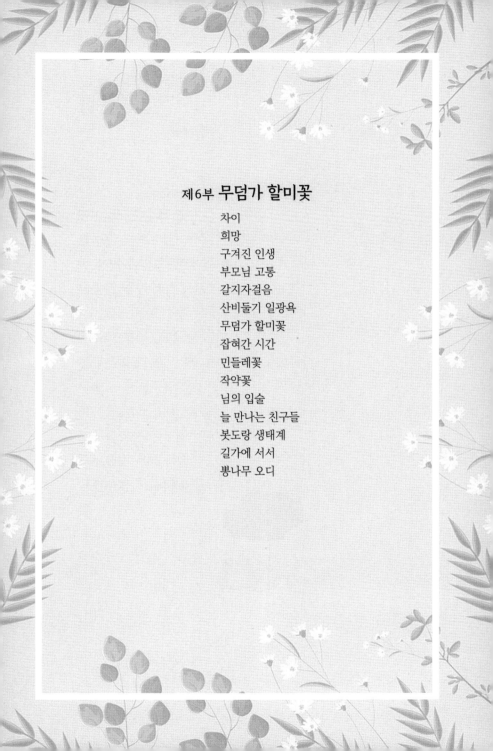

제6부 **무덤가 할미꽃**

차이

여러분들은 책가방 들고
학교에 다녔지만
나는 들에 나가 일을 했지요
여러분들은 도시락 싸들고
등산하였지만
나는 지게지고 산에
나무하러 올랐지요
여러분들은 오르다가
도시락 간식을 먹었지만
나는 비탈길 기어오르다가
쉬면서 칡뿌리를 캐 먹었지요
칡뿌리 먹다가
뱀이 개구리 잡아먹는
약육강식을 배웠지요
여러분들은 정상에 올라가
"야~호!"라 외쳤지만
나는 조용히 앉아서 왜 사는가?
세상의 이치를 골똘히 생각해 봤지요.

희망

때가 오리다
때가 오리다
내가 사는 길에
때가 오리다
힘들고 고달파도
사는 길에
때가 오리다
언젠가는 빛이
나에게 내려와
그 길을 가르쳐줄 것이다
영광의 길로
인도해 줄 것이다.

구겨진 인생

곧바로 내달리던 넘치는 열정
물불 가리지 않고 진력해갔다
작은 턱은 그냥 넘어가고
높은 벽은 돌아갔다
패인 웅덩이는 잠시 생각하고
지혜를 모아 무사히 건넜다
걸어온 인생 헌신짝 되니
그래도 남긴 자국 쓸만한 게 있어
세상 빛 보던 날이 헛되지 않았구나!

부모님 고통

힘든 일 하실 때는 고통이요
하고 난 후에는 어혈만 남는다
젊어서 겪은 일들이
늙어서는 병이 된다
날이 흐릴 때면 온몸이 쑤시고
날이 갤 때면 온몸이 가볍다
사람이 사노라면
겪고 사는 고통이다
늙은 말년에 남는 것은
병만 남는구나!

갈지자걸음

지그재그 걷는 것이 갈지자걸음인가요?
술에 취해서 비틀걸음은 술주자걸음인가요?
한 잔, 두 잔, 석 잔에는 꽃가마 타고 가고
넉 잔, 다섯 잔 넘어가니 만사가 OK다
열 잔, 스무 잔 마셔대면 여기가 어디요?
이런 주정뱅이를 봤나!
술이 주는 선물을 너도 한번 마셔봐! 한다
욕심 많은 술꾼은 술만 보면 그저 좋아서
입가에 미소가 저절로 번진다
적당하면 참 좋은데 과하면
가는 길이 무사통과 번호가 없다
갈지자 주정뱅이들이여
극락은 만원일세.

산비둘기 일광욕

늦은 봄날
우리 옥상정원에서
느긋하게 일광욕하는
산비둘기
우리 옥상이 좋은지
주인 허락도 없이
날개 펴고
건강 챙기네.

무덤가 할미꽃

어머님 무덤가에
허리굽은 할미꽃
자식 낳고 기르시며
허리가 굽으셨네
가는세월 잡지 못해
늙어만 가신 어머님
날마다 밭에 나가
풀을 매시면서
자나깨나 자식 걱정에
손끝이 다 닳았네
한 세월 두 세월 다 가도록
허리 못 펴신 어머님
가시던 그 날까지도 못 잊어
눈을 감지 못하셨나요?
어머님 가신 뒤에
잡풀만 자라나서
묘지 위에 할미꽃과
하나가 되었네.

잡혀간 시간

달리는 시간 따라
몸과 마음도 달려간다
60 고개 넘을 때는
그럭저럭 갔는데
70 고개 넘어서니
몸뚱이가 무겁다
팔과 다리가 그만하잔다
머리도 그만
기억이 뚝뚝 끊어진다
나풀거리는 끈 타불 끝
잡아보지만
눈이 어둡기만 하다
날마다 뛰고 또 뛰어봐도
글씨 몇 개 주워 담으려니
옥돌인지 잡돌인지
구별하기가 참으로 어렵구나
하루가 다르게 희미해지는
정신이 멀어지고

시간에 쫓기니
사방천지 만물들이
무너져간 그대만 바라보는구나!

＊ 끈 타불 : '끈'의 방언

민들레꽃

차가운 바람결이 스치는 봄날에
양지쪽에 피어있는 하얀 민들레
광주에서 누이가 보내온 민들레꽃
산에도 들에도 보기 드문 하얀 민들레
사람들이 보는 대로 마구잡이로 해치니
갈 곳 없는 꽃이 되어
우리 옥상정원에 피었네.

작약꽃

아버지가 애지중지 기르시던 작약꽃
앞마당 텃밭에다 몽땅 심어 길렀네
4년 길러야 값이 나가!
한약 재료로 팔아서
우리 학비 마련해주시고
용돈도 주셨다
귀하게 기르던 우리 집 작약꽃
부모님 떠나시고 외로이 피어
한뿌리 캐와서 옥상에 심었더니
해마다 예쁜 꽃이 내 마음 달래주니
필 때마다 볼 때마다
부모님이 그립구나.

님의 입술

얼마나 그리우면 꽃이 되었나요?
얼마나 외로우면 붉게 피었나요?
외로운 가지마다 꽃잎 흐드러지네
가느다란 허리춤에 붉게 핀 꽃잎
임 그리워 내민 입술 한없이 가냘프네!

늘 만나는 친구들

오늘은 가고 있다
어제 모인 친구들도
또 가고 있다
시름시름 발길이 흔들린다
화단 가에 저 늙은이
오늘 또 뭘 할까?
빈손에 책을 쥐고
시간만 낚는구나!
은은한 저 음악 소리는
누굴 위해 울리는가?
외로운 7객은
봄볕에 앉아
갈 날을 잡는구나!

* 7객 : 친한 친구들

봇도랑 생태계

졸졸 흐르는 봇도랑가에
숨 쉬는 개구리가
겨울잠 깨어나서 세수한다
낙수 밑에 모여있는 송사리 가족들
오늘도 한가로이 노는구나!
흘러내리는 물줄기에
이끼들도 집을 짓고
부지런히 자리 펴서
청정수로 바꿔주네
천혜 자원 자리에 모인 그들
물과 풀과 바위도 함께
어우러지니 졸졸졸
청정지가 따로 없다
이것이 자연의 신비가 아니던가!

길가에 서서

모래길, 자갈길, 험한 산길도
나를 보고 오라하니
그 길이 아니었네
부드러운 황톳길에서
파온 흙 한 줌은
갈 길 조심하라고 가르쳐주고
자갈길 걸을 때는
인생도 이렇다고 조심하라네
산길 속 오를 때는
절벽이 가로막아
한 번 더 생각하라 가르쳐주고
일생일대 사는 것은 조심뿐이네
너와 내가 손을 잡고 가르쳐주면서
희고 검고 나눌 때는
더 생각하란다.

뽕나무 오디

그놈 참 성질 급하다
그제 따고 어제 따고
싹싹 다 따줬는데
하룻밤 새 또 익으니
성질도 급하다
밤에 작업하여
아침에 내다 놓으니
오는 이들 보는 대로
오디 따 먹기 바쁘다.